ナナセンチ

目次

チョコレート

午前２時。
ぼくは少し疲れを感じて、
デスクの引き出しを開けた。
しまっておいた板チョコを取り出すためだ。
疲れたときや気分が乗らないときには、
これを２～３かけらかじるのがいい。
メーカーやブランドが決まっているわけではなく、
コンビニで目についたものを買って、
ここにいつも１～２枚入れてある。

買うときにはそう食べたくはなくて、
本当に必要だろうかと思ったりもするのだが、
必要になってこの引き出しを開けるときには、
本当に感謝するのだ。
買っておこうと思った、その時の自分に。

包み紙をはがして、銀紙もはがして、
端っこの一列をぱきんと割った。
そのとき、引き出しの中から声がした。

「ぼくにもひとかけらくれない？」

見ると、とても小さな黒いクマが、
引き出しからよいしょと這い出してきた。
ぼくはとっさに身構えた。
小さいとはいえクマだし、
黒というのはたいてい良くないものの色だ。

「怖がらないでくれ、悪いクマじゃない。
かと言って、いいクマでもないけどね。
よい子のお友達テディベアちゃんでもなければ、
クマの皮をかぶった天使でもない」

黒い毛皮の中に見える黒い瞳を覗き込んでみれば、
確かにそう悪そうでもない。
そして彼が自分で言うように、
愛や夢を運ぶ存在でもなさそうだった。

「名前は？」

ぼくは、チョコのひとかけらを彼に渡しながら
尋ねてみる。

「まだない。きみが好きにつけるといいよ」

「ぼくが？」

「きみに呼ばれたクマだから」

「ぼくはクマを呼んだおぼえはないけど」

「自覚はなくても、きみはクマを必要としてた。
真夜中の仕事の合間にチョコレートを必要としたようにね」

そうなのだろうか、とぼくは考えた。
いま、ぼくにクマは必要だろうかと。
たしかに、小さな黒いクマがもぐもぐと
チョコレートを食べているのを見ていて、
イヤな感じはまったくしないし、
珍しい生き物に遭遇できたというのもうれしい。
必要かどうかはわからないにしても、
不必要ではない気がした。

「どんな名前でもいいの？」

「うん、でもクロクマだけはやめてくれよな。
人間はペットに見た目そのままの名前をつけたがるけど、
ぼくはきみのペットじゃない」

クロクマにしようと思っていたぼくは、
気持ちを見透かされて苦笑いをした。
でも、出会ったばかりで、彼のことを何も知らない。
自分の子どもに名前をつけるときのような
「力強く育ってほしい」とか
「優しい大人になってほしい」といった希望が
彼にあるわけでもない。
となると、見た目しか
名前のヒントになるようなものはない。

しかし、ぼくはあるものに目をとめた。
定規だった。
彼をよく知らないけれど、
これを使えば、
ひとつ彼について知ることができる。

「そこに立ってくれないかな。
背筋をのばしてまっすぐ」

「なるほど、いいことを思いついたようだね」

ぼくが手にとったプラスチックの定規を見て
彼がニヤリと笑う。
そして、食べかけのチョコを持ったまま、
ピンと背筋を伸ばして立ってくれた。

「きみの身長は………　**7**
セ
ン
チ　ぴったり」

「ということは？」

「きみの名前は　**ナナセンチ**！　どう？」

「まあいいだろう」

ナナセンチはそう言って、
残りのチョコレートを口に入れて満足そうに笑った。

これが、ぼくとナナセンチの出会いだった。
どうしても必要というわけでもないけれど、
あれば嬉しい引き出しの中のチョコのような。
そんな小さな黒いクマとの出会いだった。

玉ねぎ

「本当の自分を探しに行くんだ」

喫茶店のテーブルに拳をおいて友人が言った。
彼は、本当の自分を探すために
これから旅に出るのだと言う。

「自分探しか……で、どこに行くの？」

「問題は行き先じゃない、ここから出ることが大事なんだ。
仕事をしてる自分、家族といる自分、
彼女といる自分、友達といる自分、
いままでの自分を全部脱ぎ捨てたとき、
本当の自分が見つかるんだと思う」

「なるほどね」

自分について真剣に考えている友人に感心していると、
よいしょ…という声が聞こえた。
何かと思えば、
テーブルの端からゆっくり玉ねぎが１個転がってくる。

玉ねぎが勝手に転がってくるわけがない。
もしかして、と思うと、
やはりあの **小**
さ
な
黒
い
ク
マ が、
玉ねぎをゆっくり転がしていた。
ぼくがナナセンチと名付けたあのクマが。

でも、友人はまったく気づいていない。
友人には、玉ねぎもナナセンチも
まったく見えていないようだ。

「まずは電話もネットも使えない国へ行こうと思って…」

そう真剣に語る友人のすぐ目の前で、
ナナセンチは玉ねぎの皮を１枚剥く。
そして、
ぐるりぐるりと玉ねぎのまわりをまわりながら、
みかんの皮でも剥くように
茶色い皮をすべて剥いてしまった。

それで終わりかと思ったが、
さらに、ぐるりと玉ねぎのまわりをまわりながら、
白い部分も剥いてゆく。
さらにその下も、その下の下も、
きゅっきゅっと音をたてながら剥いてゆくが、
友人にはその音も聞こえていないらしい。

途中で玉ねぎが目に沁みたのか、
ナナセンチはクスンと鼻をすすって涙を拭いた。
それでもやめずに、どんどん玉ねぎを剥き続けていった。

ナナセンチは何をしようとしているのか。

ぼくは友人の話を聞くふりをしながら、
ちらちらとナナセンチを観察する。

当然のことながら、
やがて玉ねぎはもう剥けなくなる。
剥くものがもうなくなって、
そこには何もなくなるからだ。
友人には見えていないが、
テーブルには剥いた玉ねぎが
花びらのように散らばっていた。

ナナセンチは、ふぅとひと息ついたかと思うと、
ぼくのアイスコーヒーのグラスのそばに
足を投げ出して座って、
ほっぺたをグラスにつける。
そうして涼んでいるらしい。

「本当の自分が見つかるまで帰ってこないって決めてるんだ。
しばらくは会えなくなると思うけど、
おまえも元気でな」

熱く語り終えた友人は意気揚々と胸を張って、
喫茶店を出ていった。

アイスコーヒーの氷はすっかり溶けてしまって、
グラスはびっしょり汗をかいている。
そこにぴったり頬を寄せていたナナセンチの
黒い毛もびっしょり濡れてしまっていた。

「これはなんなの？」

ぼくがテーブルに散らばった玉ねぎを指さすと、
ナナセンチは笑った。

「人間は人間と出会ってできあがってゆくものだろ？
出会った事実をぜんぶ脱ぎ捨てていったら、
どうなるのかなってこと」

たしかに、ナナセンチが剥き続けた玉ねぎの中心に
「本当の玉ねぎ」はなかった。
剥いて剥いて剥き続けたものそのものが
玉ねぎだったのだから。

「彼は旅に出て、またたくさんの人に会うんだろうな」

ナナセンチは玉ねぎの１枚を拾いあげて、
ひらひらと振って見せた。

ぼくも玉ねぎの１枚を拾いあげた。
甘いけれど、
つんと鼻の奥に沁みてくるような匂いを感じながら
ぼくも思った。

脱ぎ捨てるために旅に出ていく彼だけれど、
大きな玉ねぎになって帰ってくるのだろうと。

どんなに着ぶくれをしていようと、
まるごとすべてが自分だ。
ぼくたちは、
日々まるまると大きくなってゆく
玉ねぎなんだ。

フラワー

「フラワーシャワーです。
花嫁花婿がここを降りてくるときに
投げてあげてください。
遠慮しないで、
たくさんとってくださいね」

チャペルの階段の前に立っていると、
水色のふわふわのドレスを着た女の子に
白い花がいっぱいに入ったカゴを差し出された。

ライスシャワーならやったことがあるが、
フラワーシャワーははじめてだった。

「今日の花婿花嫁は美男美女だから、
こういうのが似合うね。おとぎ話みたいだ」

隣にいた友人がそう言って、ぼくも同意した。

「うん。まさに、永遠に幸せに暮らしました、
メデタシメデタシ…のシーンだね」

花が降り注ぐ中を歩いてくる2人……
さぞ美しい光景になるだろう。
ぼくは、楽しみだなと思いながら
差し出されたカゴの中から
花をごっそり掴みとった。
すると、手にとった真っ白な花の中に
真っ黒いものが混じっている。
またか…とぼくは苦笑する。
まったくナナセンチというやつは
いつどこから現れるかわからない。

「メデタシメデタシ…なんて人生にはありえない」

さすがに白い花から出てきた黒いクマだけある。
こんなにハッピーなシーンで
意地悪なことを言い出すのだから。

「幸せは持続しない、断続的なものだ。
鍵盤を押していれば音が鳴りっぱなしのオルガンじゃない。
手を叩いたときに一瞬だけ音が鳴る手拍子のようなものだ」

そして、ぼくの手のひらの上に立って、
パン！とひとつ手を叩いた。

「いつも幸せでいたいなら、
何度でも手を叩くことだ。
幸せでいたいなら手を叩こう！」

パン！　パン！

『幸せなら手をたたこう』の節で歌って、
2つ手を叩いたけれど、
隣の友人にもほかのゲストたちにも
その音は聞こえていない。
ナナセンチはぼくにしか見えないし、
彼の声も彼が出す音も
ぼくにしか聞こえない。

そのとき、

わーっと声があがって、拍手も起こった。

チャペルを見ると、

花婿と花嫁が扉を開けて出てくるところだった。

2人が階段を下りはじめ、

両側から白い花のシャワーが降り注いでゆく。

やはり、おとぎ話のような光景だ。

「お幸せに！」

「幸せにね！」

ゲストたちは2人に声をかける。

ぼくは自分の手の中をのぞきこむ。

と、白い花の中でナナセンチが

張り切って手足を伸ばしてストレッチをしていた。

飛ぶ気満々のようだ。

「幸せな一瞬をたくさんつくれますように！」

ぼくはそう言って、手の中のものを投げた。
たくさんの白い花と一匹の黒い小さなクマが
花婿花嫁の頭上の青い空に舞った。

そうだ。
これは彼らのハッピーエンドじゃない。
彼らが幸せの音を打ち鳴らす日々の
はじまりなのだ。

タクシー

「次の交差点を右に曲がってください」

「……」

「あの、次の交差点を右に…」

「……」

返事はなかったけれど、
車は右にちゃんと曲がった。

このタクシーに乗ってから
ずっとこんな調子なのだ。
ドライバーはまったく返事をしてくれない。

それに、バイクがちょっと
無理な追い越しをしてゆくと、
まるでぼくに聞かせるみたいに
「ちっ!」
と大きく舌打ちをした。

乗ったときから、
重苦しい空気が漂っていた気がするから、
ぼくが彼を怒らせたわけではないらしい。
もともとそういう性格なのか、
不機嫌の理由が何かほかにあるのだろう。

まあいい。

目的地までは15分もかからないし、
必要なこと以外話しかけないようにして、
このイヤな雰囲気をやりすごそう。
そう心の中で決めて、
シートに深く沈んだ。

「それでいいのか？」

という声がどこからか聞こえた。
ああ、またか…と思ったら、
やはりナナセンチが姿を現す。

前のシートの背もたれについた
『あなたにだけ教えるビジネスチャンス！』
というチラシ入れの中からひょっこり顔を出して、
少し怒ったようにぼくを見ていた。

「きみは彼の 不
機
嫌 を放置しておくのか？」

放置しておくのかと言われても、
きっとこのドライバーとは
もう二度と会うことはないだろう。
機嫌を直す義理もないし、
直す意味もわからない。
ぼくは、ナナセンチを無視して携帯を取り出す。
メールのチェックでもしておこう。

すると、

「きみが彼の不機嫌を放置したとしよう、
それからどうなると思う？」

ナナセンチの声は聞こえていたが、
聞こえないふりで携帯を見続ける。

「きみが放置したせいで、
きみが降りたあとも彼の不機嫌は続く。
いや、もっと不機嫌になるかもしれない。
そこに若い女性が乗ってくる。
女性が話しかけても、彼は返事をしない、
道を間違っても謝らない。
女性はものすごく不愉快な気持ちで、
タクシーを降りることになる。

この女性は実は料理人の恋人なんだ。
不愉快になった女性は恋人に八つ当たりをして、
恋人はイライラしたまま仕事場であるホテルに向かう。
ホテルの厨房では、特製オムライスの注文が来るんだけど、
料理人はイライラしてるから
うっかり卵の殻をひとかけら落としたまま
オムライスを焼いてしまうんだな。
すると、これが大変な事態を引き起こすんだよ！うわっ！」

興奮しすぎたのか、
ナナセンチがチラシ入れからこぼれ落ちて、
ぼくは慌てて手のひらで
小さな体を受け止めていた。
でも、小さな黒いクマは
礼も言わずに演説を続けた。

「オムライスをオーダーしたのは、
某独裁国の独裁者だったんだ。
ニッポンのふわふわとろとろの
オムライスを楽しみにしていたのに、
スプーンですくって口に入れたとたんカリ！
卵の殻が歯に当たっちゃったからさあ大変！
独裁者は真っ赤になって怒りだす。
ミサイルだ！手当たり次第にミサイルを飛ばせ！
我が国の格納庫にあるミサイルを全部発射だ！」

そこまで一気に言って、
ナナセンチは悲しそうにぼくを見上げる。

「きみはそれでもいいのか。
地球上のあちこちにミサイルが射ち込まれても…」

めんどくさいなと思ったし、
そんなことがあるわけがないと思った。
でも、もっともっと小規模だろうけど、
それに似た負の連鎖がないとは言えない、
そう思えてきた。

じゃあ、何をしたら？

話題になりそうなものは何もなくて、
とりあえず目に入ったものを口に出してみた。

「雨、降りそうですね…」

返事は期待していないから、
半分ひとりごとのように。

「迷ったんだよなぁ、傘入れてこうかな…って。
入れてくればよかったなぁ」

ぼくの膝の上でナナセンチが
力強く拳をつきあげている。
ぼくを応援しているつもりなのだろう。
応援に応えてもうひと言だけ
半分ひとりごとを言ってみる。

「降ったらコンビニでビニ傘だな」

すると、

「ふ
り
ま
せ
ん
よ」

当たる見込みのないバットを振ったら
球が当たってしまった。
そんな感じだった。
驚いてしまって何も言えないでいると、
あちらが言葉をつづけた。

「この雲は降らない、形を見ればわかる。じきに晴れるでしょ」

「あ…そうなんですか。
へえ、形でわかるんだ。
よかった。そっか、よかった、よかった！」

膝の上では、ナナセンチが両手をあげて
ぴょんぴょん飛び跳ねて大喜びしていた。
ぼくは飛び跳ねるわけにはいかなかったが、
ぼくもそれなりに嬉しかった。

目的地について料金を払うと、
ドライバーはおつりを渡しながら
「ありがとうございました」と言った。
気のせいかもしれないけど、
その声は少し明るく聞こえた。

タクシーを降りて見上げた空は、
灰色の雲に覆われていたが、
わずかに切れ目があって
薄い青空がのぞいていた。
ナナセンチはぼくの手のひらから
ぼくに向かって敬礼をする。

「ありがとうヒーロー、これで世界は救われた」

//

風船

まったく、
なんであんな言い方しかできないんだろう。
有能な上司なら部下のやる気をわざわざ削ぐような
言い方はしないだろう。

一方的で人の意見は聞かず、
うまくいかなければ部下のせい。

自分の指揮の悪さはまったく反省せずに、
いつも誰かに腹を立てている。

家族にもあんな態度なのだろうか。
もしかすると家族も同じタイプなのかもしれない。
きっと子どものころからの友達もあんな感じで……
いや、友達なんかいない
さびしい子ども時代を送っていたかもしれない。

考えれば考えるほど腹が立ってくる。
今度何か言われたら、反旗を翻してやろうか。
彼に腹を立てている部下は
ぼくだけではないはずだ。
そうだ、もっと仲間を増やしてあの上司に……
と、作戦を立てようとしていると、
目の前にゆらゆらと
小さな黒いものが舞い降りてきた。

「やあ」

そう、ナナセンチだった。
片手をあげて淡々とぼくに挨拶をする。
ふと上を見ると、
赤
い
風
船 がたくさん浮かんでいた。

ナナセンチはこの風船たちについている
紐につかまって舞い降りてきたようだ。

ナナセンチは紐の束をつかんだまま、
ぼくの目の前でゆらゆらとしている。
今日は何をしに来たのだろう。

「なんの用？」

「きみの大好きな人の顔を風船に描いてもってきてあげたんだよ」

「大好きな人？」

見上げると、
たしかにたくさんの風船には
マジックで顔が描かれていた。
でも、その顔は………
怒っていたり、
笑っていたり、
あっかんベーをしたりだが、
どれも、いまぼくが考えていた上司にそっくりの顔だった。

「これは嫌がらせ？」

「とんでもない！」

「じゃあ、なんでぼくの嫌いな人の顔なのかな」

「嫌いな人？
大好きな人だと思ったよ。
だってきみは、帰ってきてからずっとこの人のことばかり考えてたじゃないか」

好きだから考えてたわけじゃない。
きっとナナセンチもすべてわかっていて、
こんなことをしているのだ。
黒い意地悪なクマだから。

「からかいに来たなら帰ってくれない？
でも、この感じの悪い風船を黙ってどっかにやってくれるなら
ビールぐらい出すよ」

「ふうん、そんなにイヤなのか……
じゃあ、窓から飛ばすことにしようか。
イヤなものは遠くへ飛ばすに限るからね。窓開けてくれる？」

なんだ、やけに素直じゃないか、
と思いながらカーテンを開けて窓も開けた。
カーテンをゆらりと泳がせて、
夜風が部屋に舞い込んでくる。
風船とその紐の束をつかんだナナセンチが
風で部屋の中に押し戻されそうになるので、
仕方なくナナセンチを右手に乗せ、
左手で紐の束をつかんだ。
たくさんの上司のしっぽの束をつかんでいるような、
おかしな気分だった。
ぼくは訊いた。

「ほんとに、飛ばしちゃっていいの？」

「もちろん、どーぞどーぞ」

ナナセンチは、
ぼくの手のひらの上に
両足を投げ出して座り、
すっかりくつろいでいる。

「じゃあ、飛ばすよ」

風向きが変わったのを確かめてから、
紐を握った手を窓から突き出すと、
風船たちはイヤイヤながらも…
という様子で窓の外へ顔を出す。
風船たちが外の空気に浮かび、
その感覚が紐からぼくの手に伝わった。
そして、手を離そうとしたとき、
ぼくは無意識に言っていた。

「おやすみなさい」

赤い風船たちは夜空へ旅立つ。
「さよなら」ではなく「おやすみ」と言ったのは、
明日もまた彼に会うからだろう。
でも、そう言ったことで、
なにか気持ちがやわらいだ気がした。

「おやすみー!!!」

ぼくの手に座ったままで、
ナナセンチが大きく風船に両手を振るので、
ぼくも片方の手をあげて少しだけ振った。

窓を出るときは
ちょっぴりイヤそうだった上司風船だが、
いまは思い思いの方向へ
気持ちよさそうに飛んでいた。

「さ、きみが嫌いなものは消えたよ。眠るまでに何をする？」

ナナセンチに言われてぼくは考えた。
いままでイヤなことでいっぱいだった頭の中を、
好きなものでいっぱいにしたい。

「この前の土曜日、友達とバーベキューしたんだ。
写真があるんだけど見る？」

「いいね、見る見る !!! 」

ということで、
冷蔵庫から冷えた缶ビールを１本出して、
いつの間にかナナセンチが手に持っていた
超ミニサイズのジョッキに注いでやり、
一緒にバーベキューの日の写真を見た。

楽しい休日の思い出、
写真の中で笑う友人たち、
おいしいビールと小さな黒いクマ。
ぼくの部屋はあっという間に
大好きなものでいっぱいになっていた。

//

パンダ

テレビの画面の中でパンダが
吊るしたタイヤにじゃれて遊んでいる。
しかし、揺れるタイヤをつかみそこねて、
パンダはころりと転がった。
その映像を見ていた番組のゲストたちが
「**か**
わ
い
い」と一斉に叫ぶ。

ぼくも思わず笑みがこぼれていた。

「彼らを見てると、和む？」

声がしたのでテーブルの上を見ると、
ぼくがビールのつまみにしていた
バターピーナッツをかじりながら、
ナナセンチもテレビを見ていた。
彼はいつどこから現れるかわからない。

「うん、和むね。しぐさがなんとも言えずかわいいからね」

「そのかわり彼らは不幸だけどね」

「不幸？なんで？」

「自分の意思とは関係なく、
あちこちの国の動物園に送られて見世物にされる」

ナナセンチの言うことはもっともだった。
彼らがこんなに愛らしい動物ではなくて、
どこにでもいるつまらない動物だったら、
自分が生まれた場所で
自由に暮らしていただろうから。

「かわいそうな白黒のクマ」

ナナセンチは、袋からまた
バターピーナッツをひとつ取り出してカリっとかじる。
でも、その言い方も仕草も
パンダに同情しているというよりは、
何かに苛立っているように見えた。

「ねえ、ナナセンチ」

ぼくは思い切って聞いてみた。

「きみは幸せなクマなの？」

するとバターピーナッツをかじるのをやめて、
うつむいてしまった。
うつむいてテーブルの何もない場所を見つめ、
じーっと何かを考えこんでいる。
ぼくは何か悪いことを訊いてしまっただろうか。

「ナナセンチ…ねえ、どうかした？」

おそるおそる声をかけてみると、
ナナセンチは頭をぽりぽりと掻く。

「彼らを妬んでいるようじゃ、彼らより幸せとは言えないだろうね」

「妬んでる？きみがパンダを？」

「彼ら自身が不幸だと思わないかぎり
不幸なんかじゃないのに、
勝手に不幸だと決めつけたのは、
彼らより上にいたかったからなんだと思う」

ナナセンチの言うことは難しかったけれど、
なんとなくわかったような気がした。

自分が幸せなら、
もっとやさしい目で彼らを見ることができるはずだ。
ようするに、ナナセンチは
みんなに愛されているパンダが羨ましかったのだ。

タイヤにじゃれついて失敗して、
ころんと転がるパンダも愛らしい。
でも、
パンダの愛らしさに嫉妬して、
それを反省する彼もぼくは愛らしいと思った。

「ナナセンチ、
きみはなかなか　**か**
わ
い
い
ク
マ　だと思うよ。
パンダに負けないぐらい。
ぼくだけじゃなくて
たくさんの人がそう思うと思うよ」

ぼくがそう言うと、
ナナセンチの耳がぴくぴくと
忙しなく動いたのが見えた。
真っ黒な毛だからよくわからないけれど、
人間なら顔を赤らめているのだろうと思った。
でも、
ナナセンチは声をおさえて大人っぽく言う。

「なぐさめてくれてありがとう」

やっぱりぼくは思った。
ナナセンチはパンダに負けないぐらい
愛
ら
し
い　**クマ** だ。

チケット

「ねえねえ、ねえねえ」

仕事帰りに街を歩いていると、
ポケットの中から声がした。
またあいつか。

ポケットをごそごそ漁ると、
やつの手がぼくの指先に触ってきたので、
その手をつまんでポケットから出してやる。

「なに？　なにか用？」

ひとりごとを言いながら歩いている
危ない人間に思われないよう
小声で言った。

「あそこに寄ってこうよ」

「あそこって……金券ショップ？」

「そう！」

オレンジ色の派手な看板を見る
ナナセンチの目は、きらんきらんに輝いていた。
行きたい映画かコンサートでもあるのだろうか。

「何がほしいの？」

「チケット！」

「なんの？」

「何かの！」

「何かってなんだよ」

「いいからあの店に入って！」

きらきらの目に負けて、
ぼくは金券ショップに入った。
なんの装飾もない、
たださまざまなチケットだけが並んでいる店だった。

「チケットを見せて！」

ナナセンチはぼくを急かす。
店の人にナナセンチの姿は見えていないから、
手の甲にナナセンチを乗せて、
いかにも何かを探しているように
手をショーケースの上でゆっくりすべらせてみた。

ナナセンチは何を見たがっているんだろう……と、
そこまで考えてふと気づく。
この神出鬼没の小さなクマに
チケットなど必要なのだろうか。
好きなだけ映画館やコンサート会場に
紛れ込めるだろうし、
こんな奇怪な生き物にチケットを差し出されても
劇場の人が腰を抜かすだけだ。

ということは、
ぼくを同伴させる気なのかもしれない。
自分の好みではない映画やコンサートに
同伴させられることほど苦痛なものはない。
ぼくはうっとうしい気持ちでナナセンチを睨んだ。

しかし、
ある程度ショーケースの中を見たところで、
ナナセンチはぼくを見上げてこう言った。

「きみが選べ」

「は？」

「なんか良さそうなのを何枚か買おう。金ならだす」

どこからどう出したのか、
ナナセンチを乗せたぼくの手に
一万円札が握らされていた。

「ぼくが選ぶの？
行きたい映画とかコンサートがあるわけじゃないの？」

「だから言ってるじゃないか、
欲しいのは　**チ**
ケ
ッ
ト　なんだ」

やっぱりこのクマのしようとしていることは
わかりにくい。
幸い店員は他の客を接客中だった。

「わかるように説明してくれる？」

ぼくが尋ねると、
ナナセンチはショーケースの上に降りて、
そこに座り込み、
幸せそうにガラスに頬ずりをする。

「チケットが好きなんだ」

そして、うっとりとした顔で
ガラスの中を覗き込む。

「一枚の紙切れなのに、
ある日ある時のある事がいっぱいに詰まってるだろ？
これは、ある日ある時のある事との約束なんだよ。
これを一枚持ってれば、
見るたびに、ある日ある時ある事が楽しみになる。
こんなにいいものってある？」

大好きなミュージシャンの
ライブのチケットを手に入れたとき、
ぼくはそれをコルクボードに貼って、
よく眺めていた。
本当に心を躍らせながら、
その日が近づくのを待ったものだ。

ただの紙切れのようで、
ただの紙切れではない。
似ているけれど紙幣とも違う。
ある日ある時のある事との約束……
なるほど、そういうものかもしれない。

「わかった、じゃ、こうやって決めよう」

ぼくはナナセンチを拾い上げ、
ショーケースの上に転がした。
サイコロのように。
ナナセンチはまるくなってころりんと転がり、
あるチケットの上で止まった。

「えっと……**珍しい野草展**？」

一枚が決まり、
ナナセンチは嬉しそうにバンザイをする。
続けてナナセンチを転がすと、
次は、**SF映画**の前売り券だった。

「よし、次だ」

ナナセンチを転がすと、
ころころところがって、
かなり端のほうへ行った。
とまった場所のチケットを見ると、
聞いたことのない名前の**演歌歌手のリサイタル**で、
これで予算一万円はいっぱいになってしまった。

買ったチケットをポケットにしまうと、
ナナセンチがうきうきとしながら、
同じポケットにダイブした。

駅までの道を歩いている間は、
チケットに頬ずりをしているのか
抱きついているのか、
しばらくポケットの中がガサガサしていたが、
電車に乗ると静かになった。
ポケットにそっと手を入れてみると、
指先にナナセンチの体が触れた。
やすらかに、しあわせそうに、
寝息をたてているようだった。

ぬ職人

「ただいま！」

日曜日の午後、
緑っぽいリュックを背負ったナナセンチが帰ってきた。
帰ってきたと言っても、
ぼくのうちは彼のうちではないが、
「ただいま」と言われれば「お帰り」と自然に言えるぐらい、
彼はこの部屋にも
ぼくの暮らしにも馴染んでいた。

「どこに行ってたの？重そうだね」

「なんかもう嬉しくなっちゃって、いっぱい買ってきちゃったんだよ」

「何を？」

「ぬ」

「**ぬ**？」

「たまたま知り合いが、**ぬ**職人を知ってて紹介してくれたもんだから、
工房にお邪魔したら、これまた素晴らしい**ぬ**がいっぱいで…」

「**ぬ**職人」に「いっぱいの**ぬ**」、
よくわからないけれど一応ふんふんと聞いていた。
とりあえずナナセンチは
とても嬉しそうだったから。

「まだ **ぬ**職人がいるなんて知らなかったよ。
今はもうあんまり使わないからね。
使うとしても、
そこらにある安っぽい **ぬ** でもなんとかなっちゃうしさ」

「そうだね」

ぼくは適当に相槌を打った。

すると、ナナセンチは、

よいしょと緑のリュックを背中から下ろして、

オレンジ色の紐をほどき、

リュックのふたを開けて

ぬ

を掴みだした。

それは

ぬ

という名前の何かではなく

ぬ そのものだった。

「それ……職人さんがつくったの？」

「そう、見事だろ？このまるみ、バランス、最後の留め方…惚れ惚れしない？」

「うん、する」

「だろ？こっちもまたいいんだ」

ナナセンチはリュックから、
別の **ぬ** を次々に取り出した。
フローリングに置かれた **ぬ** は
全部で８個だった。

ぬ　ぬ

ぬ

ぬ　ぬ

ぬ

ぬ

ぬ

「江戸時代あたりは **ぬ** が活躍したから、
腕のいい職人もたくさんいたらしい。

なら**ぬ**
ぞんぜ**ぬ**
かまわ**ぬ**
くわ**ぬ**

否定の意思を一文字でぴしっと伝えるカッコよさ、
こんな使われ方をされるってえなら
職人も職人冥利につきるってもんだねえ」

語り口がやや江戸っ子風になっているのが笑えるが、
言われてみれば **ぬ** が
少しばかりカッコよく思えてきた。

でも、**ぬ** は買わなければならないものなのだろうか。
少なくともぼくはいままで一度も
ぬ を買ったことはないが、
ぬ は数えきれないほど使っている。
ぬ だけではない
あ も **そ** も **を** も、
どの文字も買ったことはない。

「最近は、わざわざ買って使うって人も少なくなったからな。
昔は、政治家や校長先生は結構高い **である** を
買って使ってたもんだけど、
いまは自分の **ぬ** や **である** や **ます** で
間に合わせちゃってるだろ」

なるほどそういうことなのか。
特に買わなくても、
自家製の **ぬ** や **である** でいいというわけか。

「で、こんなに買ってきて、これ、いつ使うの？」

床に並べた **ぬ** を指さして聞いてみた。

「うーん、それが使う予定はまったくないんだよね」

「もったいないね」

「まあいいよ、眺めてるだけでいい気分だしさ。
きみが使うならあげてもいいよ」

「いや、いらない」

ぼくらは、江戸時代の武士ではないから
「なら**ぬ**」も「ぞんぜ**ぬ**」も使わない。
使い道がないから、並べ替えて眺めてみた。

ぬ　ぬ　ぬ

ぬ　ぬ　ぬ

ぬ　ぬ

ぬ
ぬ
ぬ
ぬ
ぬ
ぬ
ぬ
ぬ

ぬ　ぬ

ぬ　ぬ

ぬ　ぬ　ぬ

ぬ

ぬ　ぬ

ぬ

ぬ　ぬ

ぬ

ぬ

ぬ

といったふうにいろいろと。

しかし、これではやはり **ぬ** の持ち腐れだ。
やはり、ひとつかふたつもらっておいて、
いつか強い否定をするときに使ってみようと思った。

そういえば最近、強い否定をしていない。
否定すればその場の空気が悪くなるから、
それが面倒でつい流されてしまうが、
それもあまりいいことではない。

今度流されそうなときに使ってみよう。
職人が技と心意気をかけてつくりあげた **ぬ** を。

乾杯

恐ろしく落ち込んでいた。
なぜ自分はこんなにダメなのだろう、
と自分自身を呪った。
それでは足りなくて、
この世界も嫌いになった。
部屋の隅で頭を抱えてうずくまった。

「こんなのしかなかったけど」

なんとなく現れるような気がしていたが、
やはり現れた。
でも、頭を抱えたまま
じっとうつむいていた。
誰とも話したくはないのだ。
相手が小さな黒クマであろうとも。

「ちょっと錆びてるけど、まあ使えないこともない」

関係ないことでぼくの興味を引いて、
慰めたりするつもりなんだろうけれど、
慰めなんてこれっぽっちも欲しくない。
かえって惨めになるだけだ。
でも、

ザク、ザク、ザク、

マンションの一室で
聞こえてくるはずのない音が
すぐそばで聞こえてくる。
スコップで土を掘るような音だ。

こっそり見ようかと思ったけれど、
それをクマに気づかれるのは悔しいので、
思い切って顔をあげて、
何をしているのか見てやった。

すると、

フローリングにラグを敷いていたはずの床が
赤茶色の土になっていて、
目の前に直径50センチほどの穴が掘られていた。

覗き込んでみれば、
小さな黒クマが自分の身長ほどの
大きさのシャベルを持って、
せっせと穴を掘っている。
「錆びている」と言っていたのは、
このシャベルのことらしく、
穴はすでに、2～3メートルの深さにはなっている。
小さいくせに、
よくも短時間でこんなに掘ったものだ。

「おいでよ」

黒クマはぼくを見上げて手招きをする。
思わず鼻で笑ってしまった。
落ち込んでどん底にいるぼくを、
これ以上の底へ誘おうというのか。
そんなのごめんだ。

ところが、突然、穴の縁が崩れた。
覗き込んでいたぼくは支えを失い、
頭から前転をするように
穴の中に転がり落ちてしまった。

「落ちるよ落ちるよ、どこまでも」

黒クマが歌うように言っているのが聞こえる。
暗闇の中、土の匂いを嗅ぎながら、
ぼくは落ちていった。

暗い、暗い、光なんか見えない。
自分の良さも見つからない。
希望が見えない。
明日が見えない。
明日が見えたとしても、
そこにいるのは、
頭を抱えてうずくまる自分だ。

「落ちる、落ちる、　　落
ち
て
い
く」

呪いの呪文のような黒クマの声。
ぼくをあざ笑っているようにも聞こえた。

「いてっ」

ふいにドサっと地面に叩きつけられて、
腰を打ちつけて転がった。
ここが穴の底なのだろうか。
目をこらしたけれど、
やはり暗くて何も見えない。

「おい……　どこにいる？ナナセンチ？」

呼んでみるけれど、返事はない。
でも、耳を澄ませば水の音がした。
小川が流れるような、ささやかな音だ。
四つん這いになって地面を手で探りながら
水音のほうへ近づいてみる。

すると、ちらちらと小さな光が
闇の中で踊っているのが見えてくる。
よく目を凝らすと、
月に照らされたような
ほの明るい水面も見える。
ここはどこだろう。

「あなたもですか？」

声をかけられて振り向くと、
男が一人立っていた。
まったく知らない男だ。

「あなたは？」

「落ちてきたんですよ。
落ち込んで落ち込んで、ここへ」

「落ち込んで？」

「はい、落ち込んでいたら、
コイツにここへ落とされたんです」

見れば、男の肩に
小さい黒いウサギが腰かけていて、
めんどくさそうにフワァと大あくびをしていた。
ぼくは黒クマに落とされ、
彼は黒ウサギに落とされたらしい。

「ここの水、飲みましたか？」

「あ、いえ」

「びっくりしました、すごく美味いですよ」

男は手に持っていたシャンパングラスを
軽く掲げて見せる。
中の透明な液体は
この小川の水なのだろう。

「きみも飲めば？」

いつの間に乗っかったのか、
ぼくの肩にナナセンチが座っていて、
男のものとよく似た
シャンパングラスを抱えていた。

グラスを受け取り、
小川の水を汲んでみる。
すると水はグラスの中で
水晶のように輝いた。

「乾
杯」

男がグラスを差し出すので、
ぼくもグラスを差し出した。
カチンと澄んだ音が響き、
そのままグラスに口をつける。

「うまい」

澄みきった感覚が、舌の上をころがり、
喉と胸へと落ちてゆく。
味が美味いというのではなく、
ぼくの身体の細胞が「うまい」と
一斉に唸った気がした。

「底の底にしかない水があって、
底の底でしか会えない人もいるんでしょうね」

男が微笑むので、
今度はぼくからグラスを差し出した。
「あなたにお会いできてよかった」
と言いながら。

もう一度、２つのグラスが澄んだ音を立てた。
すると、２人の肩の上のクマとウサギが
同時にめんどくさそうに大あくびをした。

ある日の訪問

「あ、これ、このワイン、トモダチがすごく好きなんだ」

大型酒店で手頃な焼酎でも買おうかと
店の中を見ていると、
ナナセンチがぼくの肩の上から
安くておかしなラベルのワインを指さした。
ぼくは、その値段よりも
不可解なイラストのラベルよりも、
「**ト**
モ
ダ
チ」という言葉にひっかかった。

「きみ、**トモダチ**いるの？」

「いるよ！失礼な！」

「どんな**トモダチ**？
やっぱりクマなの？それともリスとかタヌキとか？」

「乏しい発想だな、クマの**トモダチ**は森の仲間しかいないとでも？」

「いや、そういうわけじゃないけど」

「いいよ、じゃ、紹介しよう。いまから行く？」

「いまからって、この近くなの？」

「近いような遠いような……
まあ、とにかく行こう、どうせ暇なんだろ？」

というわけで、
ナナセンチは**トモダチ**への土産に、
不可解なイラストのラベルのワインを
800円で買い、
そのほかに、きれいな青いボトルのジンと、
辛口の日本酒を買った。

ワインが好きな**トモダチ**は、
2人の**トモダチ**と同じアパートで仕事をしていて、
ナナセンチはこの3人と仲がいいのだと言う。
3本の酒は3人への土産だった。

「ここを入ってくよ」

店を出て少し歩くと、
ナナセンチは商店街の真ん中で
ぼくの足を止めさせる。
彼が「入ってく」と言ったのは
本屋とパン屋の建物の間にある
15センチほどの隙間だった。

「迷わず飛び込め！」

声も高らかに命じられて、
ぼくの身体は考える前に動いていた。
きっとぶつかる…と思いながらも
15センチの隙間に突進した。

でも、何の衝撃も痛みもなく、
気づけば静かな住宅地に立っていた。
ごく普通の一軒家が立ち並んで、
飼い犬が吠える声や
ピアノを練習する音も聞こえ、
新しいマンションもあれば
古い木造アパートも残っていた。

「あのクリーム色のアパートがあるだろ、あそこだよ」

アパートとは言っても
そこは木造のアパートではなく、
三階建てのこじんまりとしたマンションだった。
マンションの外観から判断するに、
やはり**トモダチ**は
リスやタヌキではなさそうだ。

「ああ、きみか！いつも突然だね」

二階の端のドアから現れたのは、
紫のＴシャツを着た男だった。
胸に描かれたトンガリ帽子のキャラクターに
見覚えがあるような気がしていると、

「コンビニのスピードくじで当たったTシャツなんだ」

と男は、
ぼさぼさの頭を掻いて照れ笑いする。
服や髪にこだわりのない男のようだ。

部屋の中は散らかっているというほどではないが
片付いてもいなかった。
ソファには雑誌や脱ぎ捨てたパーカーがあり、
テーブルにもマグカップやスナック菓子の袋が
ごちゃごちゃと置かれ、
その中に開かれたノートパソコンもあった。

「仕事中だった？」

ぼくの肩の上から
ノートパソコンの横に飛び降りて
ナナセンチが聞いた。

「うん、ちょっと複雑にしすぎて困ってたとこ」

「複雑なほうが面白いけど、書くほうは大変だね」

「いいヤマといいオチさえあれば、
どんなに複雑にしてもうまくまとまるんだけどね。
あとは、ガツンといい仕事をしてくれる脇役。
これがあればなんとでもなる」

「今書いてるのは？」

「パイロットを目指してたんだけど、
ひょんなことで魚屋になって、
さばいた魚から出てきた宝石を売ろうとしたら
盗難の容疑で捕まりそうになって、
警察で出会った婦警と恋に落ちて、
いま最高にすばらしい恋愛をしている男」

「面白そうじゃないか」

「ところが、この男の叔母さんを
ここに絡めようとしたら面倒になっちゃってさ。
叔母さんはパイロットと結婚してたんだけど
性格の不一致で離婚。
いまは宝石鑑定士の男の隣に住んでで
後妻の座を狙ってるんだ」

「どっかで繋がりそうだけど」

「そこが余計難しいんだよ。
安易に繋げると『まるで小説みたい！』って
言われちゃうからね」

２人の会話から察するに、
この男は小説家なのだろうか。
そう思ってノートパソコンを
盗み見ようとすると、

「お邪魔します！
昨日締切のぶんは モ・チ・ロ・ン できてますよね！」

黒縁の眼鏡をかけた
灰色のスーツの男が飛び込んでくる。
痩せていて神経質そうで
胃腸が弱そうなタイプだ。

「ああ、ごめんごめん、できてるよ。
そこに積み上げた封筒が全部そう」

「パリへ行った美人美容師はどうなりました？」

「大女優に気に入られて、
大作映画のスタッフとして起用される」

「だめじゃないですか、
いいことが続きすぎてどんどん傲慢になってますよ。
そろそろ何か起こしてください。
そうだ、悪い男に騙されるとか…」

「まだいいんじゃないの？
もうちょっと傲慢にさせとこうよ。
彼女が悪役になってくれれば、
周りの人間が成長できるしね。
悪役も大事だよ」

「そういうことならまあいいですけど……
あれはどうする気ですか、
大統領の裸踊り事件は。
リコール運動まではじまっちゃって大騒ぎですけど」

「あれか……あれは、なんとかする。
うん、なんとかしなきゃな」

「絶対なんとかしてください、頼みましたよ」

眼鏡の男は、積み上げてあったA4の茶封筒を
ごっそり抱えて部屋を出ていった。
あの封筒はどこへ持っていかれるのだろう。
たぶん出版社ではない。

某大国の大統領が国賓の前で
オールヌードになって踊りだした…
という話ならぼくもよく知っていた。

この話は、小説で読んだわけでも、
ドラマで見たわけでもない。
昨日のニュースで見たのだ。
今朝のワイドショーでも取り上げられていた。
国民が怒っているだけではなく、
国際問題にまで発展しているらしい。

「相変わらずだね」

ナナセンチは男を見てニヤニヤと笑い、
ぼくが持ってきたトートバッグへ
トコトコ歩いてゆくと、
買ってきたワインを
よいしょと引っ張り出して男に見せた。

「そんなきみへのお土産だよ」

「反省してしばらくはやめとこうと思ったのに」

「そう言わないで飲んでよ。
きみが酔って書いたものって結構好きなんだよね。
で、どのぐらい飲んでたの？」

「あれを書いたのは
ワイン１本飲みきったぐらいのころだったかな。
酔うとつい
おかしなこと書きたくなっちゃうんだよな、
それで収拾がつかなくなる」

「いいじゃないか、それでこそ人生だよ。
簡単に収拾なんかついちゃつまらない」

「そうだね、まっすぐな線路ばかりじゃつまらない」

男は笑った。
その微笑みが温かいものだったので、
ぼくはなんとなくほっとする。
もし冷たく笑うような男だったら、
ぼくは一生拭えないぐらいの不安で
一杯になっていただろう。

男の仕事はまだまだ片付きそうになかった。
いい物語をたくさん書いてもらいたいから邪魔はしたくない。
ぼくらは三階にいる次の**トモダチ**の部屋へ行った。

「よく来たね、うれしいよ。
さっきできたばっかりの作品もぜひ見ていって」

この男はおしゃれだった。
着ているのはシンプルな白い麻のシャツだけれど
襟元が少しだけ凝っている。
ひと筆描きのような鹿が刺繍されている部屋履きも
珍しいものだった。

部屋もすっきり片付いていてきれいだった。
広いデスクに白い紙がきちんとまっすぐに置かれ、
十二色の水彩絵具の箱と
白いマグカップに立てられた数本の絵筆もあった。
いつでもすぐに何かが描けそうなデスクだった。

「新しい蝶だよ」

男は黒い紙ばさみから絵を１枚、
テーブルの上に出して見せた。
淡い黄色にチョコレート色の波模様が描かれている。

「へえ、きれいだね」

ナナセンチはテーブルに乗って絵を覗き込む。

「こっちがいままでの蝶」

もう１枚出された絵の蝶の黄色は濃く、
チョコレート色の模様はなかった。

「この蝶がいた森に
７年前ぐらいから人が住むようになったんだ。
そしたら土の質が変わって、
この蝶が蜜を吸う花の色が薄くなってきたんだよ」

「それで蝶の黄色も薄くなったのか。じゃ、この模様は？」

「人間が持ち込んだ植物が繁殖して
このへんの生態系が変わって、
茶色っぽい草が生えるようになったから、
それにあわせて模様を描いたんだ。
茶色い草むらの中で真っ黄色の蝶じゃ目立ちすぎるだろ」

「隠れるためとは思えない優雅な模様だね」

「こだわったところだよ。
蝶だから無骨な模様にはしたくなくてね」

部屋の中を見ると
大きなコルクボードがあって、
メモ程度の紙に描かれたスケッチも
いくつか貼ってあった。
見たことのない花や、葉、鳥、
プランクトンみたいなものもあった。

「この前、雑誌で見たサル覚えてる？
頭の上に３本だけ真っ赤な毛があるサル」

ナナセンチに言われて、
飛行機からもらってきた機内誌に
そんなサルが載っていたのを思い出した。
身体全体は茶色っぽく
顔は真っ白でかなり個性的なサルだった。

「覚えてるよ、あれも彼が？」

「うん、彼の大傑作なんだ」

「ちょっとやめてくれよ、落ち込むからその話は……」

「いいじゃないか、結果的には面白いものができたんだから」

ナナセンチによれば、
彼がサルの絵を完成させたときには、
赤い毛など１本もなかったそうだ。

しかし、完成した作品を眺めながら
牛丼弁当を食べていたら、
その紅ショウガがサルの頭のあたりに落ちて、
色が紙についてしまったのだという。
紅ショウガが落ちたのは３本。
それが、あのサルのトレードマークになった。

「作品のそばで物を食べるなんて絶対にしなかったのに、
あの日はほんとうにたまたまやっちゃって…
気を抜いたせいでまったく必然性のないものを
サルにつけてしまったよ」

「まあ、いいじゃない。
必然ばっかりなんて窮屈だもん、
たまに偶然があったほうがいいよ」

「まあ、そうかもしれないけどね」

「そうだ、お土産があったんだ。これでよかったよね…」

ナナセンチが男に渡したのは、
青いボトルのジンだった。
男はボトルを窓の陽にかざして
「そうだよ。青はいい、青は大好きだ」
と満足そうに笑った。

ぼくは、真っ黒い宇宙に浮かぶ青い星を想った。
そして、もしもその色が濁ったときに、
すぐにあのボトルのような
青に塗り替えることのできる
絵具と筆がぼくの手にもあったらいいのに、
そんなことを考えた。

最後の**トモダチ**は、地下の部屋にいた。
ドアが開いたとたんに
ミルクやバターやはちみつやチョコレートの匂いが
一気に溢れ出てきてぼくらを包み込んだ。

「あいかわらず、美味そうだね」

ナナセンチを見て男が言った。

「その舌なめずりはやめてくれ、ぞっとする」

「だって、ビターチョコを入れて焼いた
クマ型マドレーヌにしか見えないんだもん。
大きさもつまんで食べるにはちょうどいいし、
いつか少しかじらせてくれよ」

男が笑うと目が頬の肉に埋まる。
彼のほうこそふっくらした
中華まんじゅうのようで美味そうだった。

男の部屋はソファもテーブルもなく、
広々としたキッチンになっていた。
壁はすべて棚になっていて、
よく磨いた銅鍋や銀色の調理器具や、
果物の絵が描かれたボトルなどが
びっしりと並んでいる。

調理台の上には、
オーブンから出したばかりであろう鉄板があって、
こんがりと焼けたタルトが
甘い匂いをさせながら並んでいた。

「仕事中なんだろ？続けてていいよ、
ぼくらのことはおかまいなく」

ナナセンチに言われて、男は「それじゃ」と
生成の木綿の前掛けを着けた。
前掛けがないとただの食いしん坊にしか見えないが、
前掛けを腰に巻きつけて紐をきりっと結ぶと、
腕のいい職人にしか見えなかった。

「いい焼け具合だね」

「そのタルト台はかなりしっかり作ったんだ。
バターは少なめにして卵で弾力を出したから
ほろほろ崩れたりはしないんだ。
水分が多い果物を乗せても大丈夫だと思う」

「堅実さとみずみずしさが必要な時代だからね」

「うん、そういう子どもたちが育って
しっかり社会の土台をつくりなおしてくれたら、
こんどはまた繊細で壊れやすい菓子もつくるつもりだよ」

男は大きなボールに卵を割りはじめる。
クリームパンみたいな手なのに、
器用に機敏にどんどん卵を割った。

ボールの端でコン！と卵を叩く音、
カシャっと殻が割れる音は音楽のようで、
ナナセンチの喋り方も心なしかリズミカルになる。

「そういえば、
この前見せてくれたメレンゲのお菓子はどうなった？
薄く焼いたメレンゲの殻の中に
ラズベリークリームとカリカリのナッツが入ってたよね」

「ああ、あれをあげた子は面白く育ってるよ。
まだ殻を壊されるのを怖がってあまり人に心を開かないけど、
芯がしっかりしてるし感受性が豊かだから
好きな本を読んで心を成長させてる」

「どんな大人になるんだろうね」

「二階の彼が楽しそうに考えてたよ。
まずは、メレンゲの殻を壊さないで、
あの子の気持ちに入りこめる友達とも出会わせなくっちゃって」

「メレンゲの殻の子なら……やわらかいムース系の子はどうだろう」

「それもいいけど、
逆にものすごく個性的なチョコレート系もいいと思わない？」

「うん、面白い化学反応を起こすかもね」

この男の菓子は
二階の男が書いていたものと
関係があるようだ。
ここにある菓子も、
たぶん菓子屋のショーケースに
並ぶものではないのだろう。

「きみたちも面白い化学反応を起こしてそうだね」

男はまた小さな目を
頬肉に埋もれさせて笑いながら、
ぼくのほうを見る。

「さあ、どうだろう」

と、ナナセンチは冷めた返事をしたが、
照れくさそうにこうも言った。

「でも……彼と出会って、ぼくも名前を持つようになったんだ」

「名前？きみに名前？それは驚いたな。
で、なんて名前？」

「ナナセンチ」

「ナナセンチ……うん、いいね、いい名前だ。
ぼくもそう呼んでいい？」

「今日はいいよ、恥ずかしいから。次に会ったときからで」

「じゃあ、そうするよ」

真っ黒なナナセンチではよくわからないが、
もし彼が白クマだったら
頬か耳が赤く染まっているのが見えただろう。
生まれてすぐに名前をつけられた
ぼくたちにはないような照れが
ナナセンチにはあるみたいだった。

「ちょっとうらやましいな、ぼくも名前が欲しくなったよ」

男はオーブンのタイマーに目をやり、
冷蔵庫を開けて中の何かを確認する。
ぼくらとしゃべりながらもちゃんと
キッチン中に気を配っているのだ。

「じゃあ、ぼくがつけてやろうか？」

ナナセンチが軽く言うと、
男は首を振った。

「遠慮しとくよ。
ぼくたちみたいな仕事をしてる者は、
名前なんかないほうがいいんだ。
呼びたい人が呼びたい名前で呼べるようにね」

ナナセンチは

トートバッグに残った最後の酒を

男に渡した。

どこかの山の名前が

勢いよくラベルに書かれた辛口の日本酒だ。

「ありがとう。美味いスルメと昆布をもらってるんだ。

それを肴にして今夜飲ませてもらうよ、楽しみだな」

男は嬉しそうだった。

甘党だと思い込んでいたが、

辛いほうもかなりいけるようだ。

マンションを出て、静かな住宅地を歩いた。
どこにでもある風景で、
どこにでもいるような通行人とすれ違う。

また何かと何かの隙間に飛び込めば、
もといた場所に帰れるのかもしれないが、
ナナセンチが何も言わないので
とりあえず歩き続けた。

「きみの**トモダチ**はいい仕事をしてるね」

「うん、三人とも超一流の腕の持ち主だよ」

「彼らとはどこで知り合ったの？」

「温泉だよ。
めったに休みなんかとれないみたいだけど、
たまたまとれて
三人で旅行に来てたときに露天風呂で会って、
すっかり話し込んで仲良くなっちゃったんだ」

「彼らと温泉か……ぼくも露天風呂で彼らと話してみたいな」

「ああいいね、行こうよ、
あとで電話して次の休みを聞いてみるよ」

仕事を離れた彼らと露天風呂でゆっくり語り、
風呂から出たら彼らのグラスに
冷たいビールでも注いでみたいと思った。

彼らのすばらしい仕事に敬意と感謝を込めて。

//

大きなパンみたいな犬

「大きなパンみたいな犬に会いに行こうよ」

ナナセンチにそう言われて、
ぼくはここへやってきた。

渋谷駅を出てスクランブル交差点の雑踏に飛び込み、
泳ぐようにして渡り終えて、目的地を目指している。
すれ違った女の子のバックがぼくの腿にヒットし、
痛いなと思いながら賑やかな大型電気店の前を通り、
デパートを分岐点にした大きなＹ字路の左へ進み、
なかなか新鮮で手頃な野菜を売る青果店の角から
細い道へと入り、
恋人たちがこっそりと入ってゆくホテルを
ちらりと左手に見ながら歩くと、
右に、木でできた白い置き看板が見えてくる。

看板は目立たないので、
知らなければ見過ごしてしまうだろう。
でも、
電波を吸い寄せるアンテナのように
たまに通りがかった客を吸い寄せる。

ぼくは、知人の知人の
また知人の関係でこの店を知り、
知り合いの贈り物を買いたい時に
訪れるようになった。

初めてナナセンチをポケットに入れて
ここへ連れてきたとき、
ナナセンチは勝手にここを
『大きなパンみたいな犬の店』と名づけ、
それ以来本当の店名を無視して
この名前で呼んでいる。

店にはいつも店主がひとりいるだけだ。
窓の外に野良の黒猫はいるけれど犬は一匹もいない。
売っているのは、飴玉みたいな色をした塔のオブジェや、
仏像みたいに穏やかな木彫りのパンダや、
腹が花模様の蛙のぬいぐるみ、
などなど…
つまり商品棚の上にも大きなパンみたいな犬はいない。

でも、ナナセンチは
「大きなパンみたいな犬に会いに行こうよ」と
ここへ来たがるのだ。

店主は先に来ていた客と奥で話をしている。
ぼくと、ぼくのポケットの中にいる
ナナセンチはその会話に耳を澄ます。
いつも塔やパンダや蛙を見るふりをして
話を盗み聴く。

いつもではないが、
店主は昔いっしょに暮していた犬の話を常連客にする。
その色、大きさ、性格、クセ、好きな食べ物……
ナナセンチはそれを聞くのが好きらしい。

店主がそう表現したわけではないけれど、
ナナセンチは会話の切れ端を集めて、
まるめて、小麦のようにこねて、ほどよく焼いて、
頭の中に『大きなパンみたいな犬』を
思い浮かべているらしかった。

その犬が実際ここにいなくても、
今どこでどうしていようとも、
ナナセンチには関係ない。
店主の会話の中にいる犬に会えれば満足なのだ。

「満足した？」

店に来て 2 〜 30 分たって
ポケットの中に話しかけると、

「した」

という返事が返ってきた。

ぼくは、最近引っ越しをした友達のために
小さな醤油皿をふたつ買い求めてから店を出た。
ぼくが買い物する間だけは中断したが、
店主と先に来た客の会話はまだ続いていた。

「ああ、楽しかった。また来ようよ。やっぱりあの犬はいいよ。
寝そべったときの、ゆるい山脈みたいな形も
白いパンを『こんがり』じゃなく『そっと』焼いたみたいな色も」

駅に近づいてきたころ、
ナナセンチがポケットから頭を出して言うので、
ぼくは本物のパンが食べたくなった。

『そっと』焼いて少し茶色くなった白いパンに……
そうだ、イチゴやブルーベリーよりも
リンゴジャムが合いそうだ。

たしか、駅と隣接したデパートの地下に
美味しいパン屋があったはずだ。
そこで犬に似たパンを買って帰ろう…
そう思いながら、
スクランブル交差点に飛び込む心の準備をはじめた。

//

明日

感情の持ち方さえわからなくなっていた。
怖いのか、悲しいのか、許せないのか、
逃げ出したいのか、動きたくないのか、
ほんとうにわからなかった。

簡単に怖いだの悲しいだのと思う権利が
ぼくにあるかどうかもわからない。
何もできないどころか、
何かを考えることさえ難しくなってしまった。

気づくと、少し離れたところに
ナナセンチが座っていた。
離れているのに、
「いる」という気配だけは
しっかり感じられる距離だった。

彼は何も言わなかったし、
ぼくを見もしなかった。
小さくて黒いために、
この距離では
彼の表情を見ることもできない。

でも、彼がそこにいることで、
ぼくはここにいられた。

自分以外の誰かの存在が
ぼくの「碇」になって、
一気に湧きおこり渦巻く感情に
流されずに済んでいた。

しばらくすると、少し寒さを感じた。
自分を労わっていいのだろうかと少し迷いながら、
椅子にひっかけていたフリースを手にとった。

「きみは寒くない？」

ようやく彼に話しかけることができた。

「この最高級の毛皮が見えないの？」

いつもと変わらない
可愛くない答えが返ってきて、
ぼくは少しだけ笑った。
少し笑ったぼくを見て、
ナナセンチも少し笑ったようだった。

「さて、」

ナナセンチはぴょんと立ち上がると、
たったったと走って、
ソファの上に仕事から帰ったまま
置きざりにしていた黒いバッグの中にダイブした。
手足を揃え、飛び込みの選手のように
美しいフォームでバッグに飛び込み、
少しすると茶色い革の手帳をかつぎだしてきた。

革のカバーは３年前から使っているもので、
今年ぐらいからようやく飴色がかって
手にも馴染むようになっていた。

「まだ、開かなくていい」

ナナセンチはぼくに手帳を渡す。

「でも、そばに置いておいて、
開けるようになったら開くんだ」

このクマは、
またわけのわからないことを言い出す。
でも、わけがわかれば納得できることも多い。

「なんのために？」

「明日が消えないように」

たぶん明日は来るだろう。
ただ、それは良い明日かどうかはわからない。
悪い明日なら来ないほうがいい、
時計から電池を抜いて時間を止めたいぐらいだ。

「だからだよ」

ぼくの心の声が聞こえたのか、
ナナセンチは咎めるようにぼくを見る。

「明日なんかいらないって思ったら、明日が見えなくなったら、
みんながそうなってしまったら世界中の明日が消えてしまう。
だから明日を忘れちゃいけない、捨てちゃいけない、
きみにはまだその手帳を開く力があるんだから」

「開けばいいの？」

「開いて、スケジュール表を見て、
明日や来週や来月にどんな仕事や約束があるのか見ればいい。
そして、何をするのか、何をしたいのか想えばいい」

「そしたら、明日は消えない？」

「できれば、ペンを持って新しい予定を書きこんでごらん。
きみが明日を楽しみに思える予定を、
あるいは、誰かを楽しみにさせる予定を」

ぼくは手帳の飴色のカバーに指をかけてみた。
が、明日を想いにくい今は
薄っぺらいカバーがひどく重く感じられた。

「すぐじゃなくていい。
たぶんもう少ししたら開けるようになる。
それからでいいから、
きみの明日と誰かの明日をひとつずつつくるんだ。
そうやっていつも誰かが明日をつくってきた。
建築家は設計図を描き、科学者は実験をし、
農家は種を撒き、絵描きは絵筆を持って」

「ぼくにもできるんだろうか」

背中を押して欲しくて
ナナセンチに尋ねたが、
彼は何も答えなかった。
どこから出してきたのか、
彼サイズのコーヒーメーカーを
目の前に置いて、
白いドリップに１杯２杯と
コーヒーの粉を入れている。

「コーヒーを淹れてあげるよ、きみのためにね。
このサイズだからきみにとっては数滴だろうけど」

コーヒーメーカーの傍らには、
小さな小さな白いマグカップも置かれていた。
ナナセンチがスイッチを入れると、
コーヒーメーカーはコポコポと音をたてる。
10分か20分たてば、
数滴のおいしいコーヒーを飲ませてもらえるだろう。

そうだ。

こうやって、明日はつくられてゆく。
難しいことじゃない。

あとがき

古代インドでは、現在とはかなり違った宇宙観を持っていました。とぐろを巻いた巨大な蛇の上に巨大な亀が乗り、その上に三頭の象が乗って半球体の地球を支えているというのです。科学者の方々は、蛇や亀が登場する宇宙観が前提では、スペースシャトルを飛ばすことも宇宙ステーションを建設することもできないでしょうけれど、少なくともわたしは、蛇たちが地球を支えていたとしても生活や仕事になんの支障もありません。むしろ、動物たちがわたしたちの一日を支えていると考えると、のどかで楽しい気持ちになります。物事を正確に知るのは大事なことです。でも、一日のうち5分か10分ぐらい、科学や常識を信じるのをやめ、根拠のないものを強く信じてみるのも悪くないのではないかと思っています。

たんぱく質、炭水化物、カルシウム、人間が生命を維持するために必要なものがある一方で、特に必要ではないのに欲しくなるものがあります。たとえば、お酒やお菓子など。根拠のないものを信じるのもこれに似ているような気がします。そして、こういうものが案外、目の前に壁が立ち塞がったときに、壁を乗り越える梯子や壁をぶち壊すハンマーとして役立ってくれるのです。壁の前でぬくぬくと何泊もしたくなるような現実逃避の温室になってしまう場合もありますが、休息が必要なときにはこれはこれで役立ちます。

この本では、ナナセンチというクマが「ぼく」の前に現れますが、人によっては、ウサギや小鳥、あるいは、生き物ではなく、不思議な鞄や帽子といったものが、ある日とつぜん目の前に現れるかもしれません。また、ぬいぐるみやお守りや、いまはここにいない人の写真に話しかけるとき、ナナセンチと「ぼく」のような関係がすでに生まれているかもしれません。わたしも「皆さんにとってのナナセンチ」にとても興味があります。機会がありましたらぜひ教えてください。

この本をつくるにあたり、タイポグラフィで物語を表現してくださった八十島博明さん、指揮をとってこの出版を実現してくださった眞田岳彦さんに心よりお礼申し上げます。お力を貸して下さった佐野是さん（アトミ）、池田茂樹さん（スタイルノート）もありがとうございました。そして、ナナセンチ誕生のきっかけをくださった飛永貴美子さんと内藤和美さんにも感謝をこめて。

志岐奈津子

著者　志岐奈津子 [シキ・ナツコ]
1966年東京生まれ。青山学院史学科卒業。作家活動をするとともに放送作家としてTBS、J-WAVEなどでラジオ番組の構成、ラジオドラマの台本を担当。眞田造形研究所研究員。著書「Simple Side」(nico) 他。

ディレクション　眞田岳彦 [サナダ・タケヒコ]
1962年東京生まれ。眞田造形研究所代表。衣服造形家としてアートとデザイン領域で活動。

タイポグラフィ　八十島博明 [ヤソジマ・ヒロアキ]
1962年東京生まれ。GRID代表。グラフィックデザイナーとして書籍・雑誌等を手掛ける。

判型　122 x 181mm (黄金比)
128ページ　かがり綴じ
本文用紙　OKサワークリーム
表紙・カバー用紙　アラベールホワイト
表紙フォント　アラタ+筑紫ゴシック
本文フォント　筑紫ゴシック　10Q

ナナセンチ

発行日　2012年6月21日　第1刷

著者　志岐奈津子（Shiki Natsuko）

ディレクション　眞田岳彦（眞田造形研究所）
タイポグラフィ　八十島博明（GRID CO.,LTD）
編集・制作　眞田造形研究所有限会社

発行者　池田茂樹
発行所　株式会社スタイルノート
〒185-0012
東京都国分寺市本町2-11-5 矢野ビル505
TEL 042-329-9288　FAX 042-325-5781
E-Mail books@stylenote.co.jp
http://www.stylenote.co.jp

印刷・製本　株式会社アトミ

ISBN978-4-7998-0105-5